KB160003

오십이 된 너에게

오십이 된 너에게

발행	초판 1쇄 2024년 7월 29일　초판 2쇄 2024년 9월 19일
지은이	박혜란
펴낸이	김영범
펴낸곳	(주)북새통 · 토트출판사
주소	서울시 마포구 월드컵로36길 18 삼라마이다스 902호 (우)03938
대표전화	02-338-0117
팩스	02-338-7160
출판등록	2009년 3월 19일 제 315-2009-000018호
이메일	thothbook@naver.com

ⓒ 박혜란
ISBN 979-11-94175-02-5　03810

잘못된 책은 구입한 서점에서 교환해 드립니다.

이 책의 저작권은 저작권자와의 계약에 의해 (주)북새통-토트출판사에 있습니다.
저작권법에 의해 보호를 받는 저작물이므로 무단전재와 복제를 금합니다.

여성학자 박혜란이 전하는 공감과 위로의 메시지

오십이 된 너에게

박혜란 지음

펴내는 말

나도 처음 살아보는 인생이라

"저도 올해 50입니다."

설날 아침. 세배를 하고 난 후 큰아들이 말했다. 조금은 덤덤하게, 조금은 먹먹하게.

잠깐 사이 온갖 생각이 한꺼번에 솟아났다. 마냥 어리게만 보이던 내 자식이 어느새 이렇게 나이를 먹다니. 인생 참 순간이구나. 아니, 자식이 벌써 50이면 그 부모인 내 나이는 도대체 얼마라는 거야. 솔직히 의심쩍긴 하지만 애써 '나이는 숫자에 불과하다'라는 말을 믿고 살려고 해왔는데… 와우, 이렇게 한방에 깨지네. 그런데 괘씸하다. 나이란 놈, 이미 나이 먹는 데 도통한 나한테 꼬박꼬박 들

5

어오면 됐지 왜 젊은 애한테까지 기를 쓰고 찾아 들어가는 거야. 못됐네.

뒤돌아보면 그동안 겪어 왔던 모든 나이대가 다 나름의 의미가 있었겠지만 50이라는 나이는 내게 여러 모로 각별했던 것 같다.

내가 20대였을 때 50은 한마디로 노년의 문턱이었다. 서울이고 시골이고 환갑잔치를 떡 벌어지게 하던 시대였으니까 말 다 했다. 우리 부모님이 50을 넘겼을 때 우리 형제들은 연로하신 부모님 돌아가시기 전에 더 열심히 효도해야지 굳게 마음먹었더랬다. 당시 우리의 평균 연령은 60세였다.

60 이후의 삶은 생각조차 안 하며 살았던 나는 40이 다가오자 정신이 번쩍 들었다. 아이들 키우며 그냥저냥 살다 보면 60 즈음 인생이 깔끔하게 마무리될 것 같았는데 어느 결에 아이들 다 키우고 나서도 살아갈 날이 훨씬 길

어진 시대가 왔다는 사실을 깨달았다. 60쯤부터 '내가 죽기 전에'를 입에 달고 살던 시어머니가 80이 가까워져도 쌩쌩하던 모습도 한몫했다.

　내가 다시 바깥일을 하겠다고 하자 시어머니는 '여자 나이 마흔이면 환갑'이라고 태클을 거셨지만 난 그건 어머니시대 이야기이고 지금은 40이야말로 시작하기 딱 좋은 나이라며 맞섰다. 어머니만큼만 살아도 앞으로 40년을 더 살아야 한다고. 이제 겨우 인생의 딱 절반이라고. 더 늦기 전에 하고 싶은 일을 하면서 늙어 가고 싶다고.

　백세시대인 지금은 50이 그런 나이다. 딱 절반의 시간. 내가 40일 때 흔히 말했듯 늙지도 젊지도 않은 나이. 누군가는 다시 시작하기엔 이미 늦었다고 생각하고 누군가는 아직 얼마든지 새로 시작할 수 있다고 생각하는 나이. 아무 일도 할 수 없다고 푸념하는가 하면 뭐든지 할 수 있다며 설레기도 하는.

50은 내게 어떤 나이였을까. 내가 딱 50이 되던 해에 남편이 하던 조그만 사업이 엎어졌다. 삶이 나를 속였다는 생각에 한없이 우울했다. 결국 내 인생은 이렇게 끝나는구나 싶었다. 그러나 살아갈 날은 아직 길게 남아 있었다. 자칫하다간 해준 것도 없는 자식들에게 민폐 부모가 될 수도 있다는 위기감에 나는 스스로를 추스렸다. 이제 겨우 50인데 내 인생은 내가 끝까지 책임져야지.

나는 이 시점에서 내가 가장 잘 할 수 있는 일이 무엇일까 고민했다. 답은 금방 나왔다. 내가 그동안 경제적 목적보다는 사회운동 차원에서 줄곧 해왔던 글쓰기와 강연을 보다 대중적으로 넓히는 것. 다행히 그런 마음으로 펴낸 책이 예상보다 훨씬 큰 호응을 얻었고 그 다음부터는 모든 일이 순조롭게 풀려 나갔다. 나는 스스로에게 놀랐다. 50이전까지는 상상도 못했던 일이었다. 나이가 어떻든 역시 무엇보다 중요한 것은 꺾이지 않는 마음인가 보았다. 앞으로 무슨 일이 나를 놀래켜도 너끈히 헤쳐 나갈 수 있을 것 같았다. 의욕이 너무 넘쳐 과로한 탓에 몸에 큰 탈이 난 것도 50대였지만.

　　지난 40년 동안 다양한 활동을 통해 나는 수많은 사람들을 만나왔다. 그중 대부분은 아이를 키우는 젊은 부모들이었다. 초기에 만났던 이들은 주로 3,40대였는데 시간이 지나면서 연령대가 10년 이상 높아지는 게 확연히 보였다. 사회가 급변함에 따라 결혼도 늦어지고 출산도 자꾸 늦어져 가는 탓이다. 3,40대에 결혼하면 50이 되어도 아이들이 아직 초중고에 다니는 경우가 많다.

　　사회의 중추라는 위치에 선 그들도 사는 게 불안하기는 마찬가지다. 그들은 자신보다 훨씬 앞서 살아간 내가 단지 아이들 교육뿐만 아니라 인생 전반에 대해 도움말을 주기를 간절히 바란다. 나이가 50쯤 되면 생활도 안정되고 마음도 느긋해질 줄 알았는데 정작 50이 되고 보니 오히려 가슴이 콱 막혀 오는 기분이라고 한다. 열심히 달려온 것 같은데 돌아보니 이룬 것도 하나 없고 자신은 늙었는데 아이는 아직 한참 어리고 앞길은 너무 멀고 험하게 느껴진다고 한다. 남녀를 불문하고 50이 되기 전에 일자리에서 물러나는 경우가 흔하다 보니 어쩔 수 없이 아이들에게 평생 생활이 보장된 의대를 강요하게 된다고 서글퍼하고 자신은 죽을 때까지 어떻게 살아야 할지 답이 안 나온다고 하소연한다.

얼마 전 한 30대 비혼 여성으로부터 '우리도 무사히 할머니가 될 수 있을까요?'라는 질문 아닌 질문을 받고 울컥해진 적이 있었다. 모든 세대가 우리야말로 시대의 희생양이라는 피해의식에 사로잡힌 채 이 불확실한 세상에서 고군분투하는 현실이 안타깝기 짝이 없다. 그중에서도 50대에 더 마음이 쓰이는 건 그들이 내 자식 세대이기 때문이리라.

하지만 마음뿐이다. 나는 인생의 일타강사가 아니다.

그들의 부모 세대인 나 역시 여전히 사는 게 서툴고 여전히 헤매는, 겉으론 분명 요즘 자주 듣는 '어르신'이지만 속으론 아직 '어른'이 되지 못한 미성숙한 인간일 뿐이다. 그들처럼 나도 처음 살아보는 인생 아닌가.

게다가 언제부터인가 난 인생엔 정답이 없다고 믿어 온 사람이다. 모든 인간은 결국 자기 멋대로 살아가는 존재다. 인생은 그저 각자가 처한 환경에서 자신만의 정답을 찾아가는 괴로우면서도 짜릿한, 때론 재미있고 때론 지루한 여정이다. 아무도 그 길을 가르쳐 줄 수 없다.

그들의 귀에 꽤 쿨하게 들리는 나의 육아철학 즉 아이들은 스스로 자라는 존재이므로 부모가 할 일은 그저 지켜보는 것이라는 이야기도 어떻게 보면 부모로서의 무책임, 직무유기에 대한 교활한 변명일지도 모른다. 스스로의 깜냥을 속속들이 알고 있는 주제에 후배들에게 조언이라니 가당치도 않다.

그럼에도 불구하고 그들의 질문을 마냥 외면하기에

는 내 마음이 편치 않았다. 단지 그들보다 나이가 더 들고 뭔가 그럴싸해 보인다는 이유만으로 깍듯이 선배 대접을 해주는 후배들에게 초라하더라도 진정성 있는 답례를 하는 게 선배의 도리가 아닌가 싶었다. 하지만 도대체 남에게 이래라저래라 한다는 건 아무래도 나에겐 선뜻 내키지 않는 일이었다.

코로나 시국까지 겹쳐 5년을 멍하니 시간만 보내다가 드디어 마음을 고쳐먹었다. 내가 그동안 펴낸 책들은 모두 50 이후 살아오면서 그때그때 겪은 경험과 그를 통해 느낀 생각들을 풀어놓은 못말리는 수다가 아닌가. 지인들은 간혹 어떻게 그렇게 천연덕스럽게 자신을 까발릴 수 있냐며 혀를 차곤 했다. 책을 새로 쓰려고 되지도 않는 용을 쓰는 대신 이미 다 털어낸 말들을 골라 엮는 게 여러모로 효율적이지 않을까?

그렇다. 50대에 들어선 그들이 내게 원하는 건 속이

뻥 뚫리도록 명쾌한 해답이 아닐지도 모른다. 단지 인생 선배로부터 공감과 위로를 얻고 싶은 마음뿐일지도. 이 험한 세상에서 참 열심히 살아왔구나, 너무 걱정하지 마, 앞으로도 잘 될 거야, 나도 그랬어, 그냥 비틀대면서 용케 여기까지 걸어왔어라는, 어쩌면 들으나마나한 밋밋한 말들. 그런데 어쩐지 듣고 나면 듣기 전보다 마음이 편안하고 든든해지는 삼시 세끼 같은 말들 말이다.

그래서 나는 마음을 비우고 50 이후 지금까지 30년 동안 썼던 글들을 사골처럼 끓여 보기로 했다. 그동안 펴낸 열 권 남짓한 책들을 펼쳐놓고 쭉 훑어보니 신기하리만큼 내 생각은 변한 것이 거의 없었다. 좋게 말하면 일관적이라 할 수 있고 정직하게 말하면 한 치도 자라지 않았던 게다.

이 책을 읽는 50대들은 아마 공감과 위로를 얻기보다 안도감과 자신감을 얻을 것 같기도 하다. 이런, 그럴싸하게 보이던 '어른'도 알고 보니 별거 없잖아? 나도 잘해

보려고 너무 욕심내지 말고 앞날을 너무 걱정하지 말고 그냥 여태 살아온 것처럼 살아도 되겠네.

끝으로, 꼭 할 말이 있다. 이 책이 세상에 나온 건 오롯이 토트출판사 김난희 주간의 덕이다. 젊음과 기량이라는 막강한 파워를 장착한 이 50대 후배는 자꾸만 뒷걸음질치는 내게 늘 웃는 얼굴로 기운을 북돋워 주고 번거로운 일들을 몽땅 떠맡아 주었다. 이런 든든한 후배를 옆에 둔 건 오롯이 내 복이다.

2024년 7월, 박혜란

- 차례

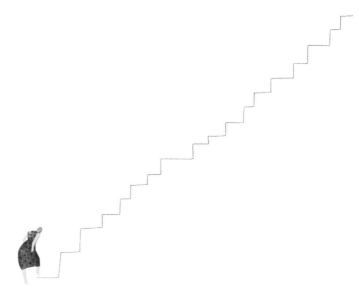

Part 1

인생에는
공짜도 없고 헛수고도 없다

날이면 날마다 흐리기만 하겠어?

살다 보면 예상대로 되는 게 있더냐고. 그 흔한 평
균이란 놈이 유독 나만 비껴가잖아? 하지만 인생이란 게
원래 그런 거 아니겠어? 날이면 날마다 흐리기만 한 건
아니지. 가끔씩 쨍하고 해 뜰 날도 있는 거지.

망한 날

나는 원래 심심한 걸 못 견디는 재미주의자다. 사는 게 피곤하다며 노상 투덜대면서도 어쨌든 재미있게 살려고 애쓴 편이다. 친구들도 항상 '너처럼 재미있게 산 사람 있으면 나와 보라 그래!'라고 말할 정도로. 그런데 언제부터인가 사는 게 도통 재미가 없다. 뒤늦게 공부할 때 어떤 진지한 선배로부터 웃음이 헤프다고 지적받던 내가 어떤 날은 하루 종일 한 번도 안 웃고 지나는 날도 있다. 그런 날은 망한 날이다.

인생에도 연습이 있었으면 좋겠다.
한 번쯤은 제대로 살아보게.

참 쉽게 흔들리는 행복

내가 늘 행복하다고 감히 말할 수 없는 이유는 아직도 욕심 때문에 마음이 부글거릴 때가 드물지 않기 때문이다. 평소에는 늘 '내 주제에 이만하면 과분하지'라며 가진 것에 고마워하다가도 어느 날 불쑥 내가 더 가질 수 있는데 억울하게 놓친 것 같아서 앙앙불락할 때가 있다. 바로 다른 사람들이 가진 것이 눈에 들어올 때다. 그럴 때면 내가 가진 것은 안 보이고 다른 사람이 가진 것만 크게 보인다. 남과 비교하는 순간 나의 행복은 사라져버린다. 행복은 바깥이 아니라 바로 내 마음속에 있다는 간단명료한 진리를 잊는 순간이다.

'남' 부러울 것 없는 삶

도대체 '남 부러울 것 없다'고 할 때 그 '남'은 누구를 말하는 걸까. 한 친구를 따라잡으면 더 잘사는 다른 친구가 떠오르고 그 친구를 따라잡았다 싶으면 또 더 잘사는 친구가 떠오른다. 기준을 남에게 두는 한 내가 따라잡아야 할 '남'은 꼬리에 꼬리를 물고 등장한다. 결국 나는 남을 부러워하느라 내 삶을 놓치고 만다.

가볍게 살아야지

버리기가 사들이기보다 백 배는 더 어렵다. 그래서 난 마음을 바꾸었다. 내가 갖고 있는 물건들 중에서 버릴 것을 고를 게 아니라 지닐 것을 고르는 편이 낫겠다고. 이삿짐센터 사람들이 오면 막판에 꼭 가지고 가야겠다는 마음이 생기는 물건만 포장해 달라고 부탁해야겠다고. 나머지는 버리는 게 아니라 두고 간다고 생각하자고. 아마 꼭 갖고 갈 물건은 지금 집안을 점령하고 있는 물건들의 4분의 1 정도면 너끈할 거다. 가볍게 살아야지.

행복한 사람

행복한 사람은 표정이 늘 편안하게 보인다. 행복한 사람은 잘 웃는데다 매사에 긍정적이라 상대방까지 기분이 좋아지게 만든다. 행복한 사람은 자존감이 높기 때문에 웬만한 행동이나 말에 상처를 받지 않는다. 행복한 사람은 남의 마음을 잘 헤아리기 때문에 남에게 상처를 주는 일도 없다. 행복한 사람은 남의 탓을 하지 않으며 어떤 상황에 처하든 스스로 행복해지기 위해 노력한다. 행복한 사람은 조그만 일에도 항상 감사하는 마음으로 살아간다. 행복한 사람이 되는 건 참 쉽고도 어렵다.

대접은 대접하는 자의 몫

돌이켜 보면 내게 잘해주는 사람들에게는 속으로 '내가 당연히 받을 대접'을 받는다는 교만이 앞선 적이 많았던 것 같다. 하지만 대접은 대접하는 자의 몫이지, 대접받는 자의 몫이 아니지 않은가. 남의 고마움을 인정하고 대접할 줄 아는 사람이 정말 고마운 사람이라는 걸 자꾸 잊는다.

오늘 죽어도 아쉽지 않은 이유

나는 과연 순간순간 최선을 다하며 살아왔기 때문에 오늘 죽어도 좋다고 생각하는 걸까. 아니면 어차피 더 살아 봤자 좋은 꼴도 못 볼 테니 그럴 바엔 모든 상황이 비교적 좋은 편인 이쯤에서 끝내는 게 나을 거라는, 말하자면 패배감 내지는 피로감 때문일까. 아무래도 후자 쪽인 것 같다. 하지만 죽어 가는 순간만큼은 혼자 조용히 죽는 것보다는 다른 사람의 눈길을 받으면서 죽는 게 훨씬 덜 외로울 것 같다는 생각이 든다. 살아생전에 짧은 여행을 떠날 때도 누군가로부터 "잘 다녀와"라는 인사를 들으면 기분이 더 좋은 것처럼.

낭만은 다 어디로 사라진 것일까?

눈이 오면 젊은이들은 연인이나 친구에게 '눈이 와!'라는 문자를 날리며 밖으로 뛰쳐나가지만, 나이든 이들은 몇 달 전에 정한 약속도 취소한 채 서둘러 집으로 돌아간다. 젊은이들은 하얀 눈으로 덮인 세상을 반기며 아름다운 인생을 찬탄하지만, 나이든 이들은 마음이 무거워진다. 길이 미끄러울까 걱정이고 넘어질까 걱정이다. 내 걱정도 걱정이지만 이웃 걱정도 적지않다. 농촌의 비닐하우스가 무너질까 걱정스럽고 가난한 이들이 더 추울까 가슴 아프다. 바로 이런 것들이다. 나이를 먹어가는 증거들은…. 낭만은 순식간에 사라져 버리고 그 자리에 오만 가지 걱정이 들어선다.

최선의 선택

일하는 여성들이 늘어나면서 간혹 상대적으로 움츠러드는 것 같은 느낌을 주는 전업주부들을 만나면 마음이 애틋해진다. 시대가 어떻건 주어진 여건에서 그들은 그들대로 최선의 선택을 한 건데 뭐가 문제인가. 취업주부건 전업주부건 비혼 여성이건 그냥 각자가 자신에게 가치 있고 의미 있다고 생각하는 일들을 하면서 맘편하게 그리고 재미있게 살면 얼마나 좋아.

갈까 말까 망설이지 말고 무조건 가라

모든 여행은 즐겁다. 네팔이건 부산이건, 비행기건 버스건, 그리고 누구와 함께이건 여행은 즐겁다. 그래, 여행은 일단 저질러 놓고 보는 거야. '살까 말까 망설이는 물건이 있으면 사지 말아야 하고, 갈까 말까 망설이는 여행이 있으면 가야 한다'라는 말은 언제나 명언이다.

그래도 이만했으니 다행

　세상이 끝난 것처럼 절망에 빠졌던 내게 그 친구가
가장 자주 한 말은 '그래도 이만했으니 다행'이라는 위
로였다. 돈은 잃었지만 사람은 잃지 않지 않았느냐는 뜻
이었다. 잃은 것은 빨리 잊어버리고 아직 갖고 있는 것
을 고마워하고 소중히 하라는 말이었다. 처음에 그 말을
들었을 땐 '어떻게 이보다 더 심하게 당할 수 있어?'라는
마음에 반발심이 들기도 했지만 자꾸 들다 보니 그 상황
에서 이보다 큰 위로가 없다 싶었다.

여자들에게 우정이란

우리 어렸을 때만 해도 여자들 사이에는 진정한 우정이 없다는 말이 그럴싸하게 통했다. 여자의 우정은 남자가 생기기 전까지만 유효하다는 거였다. 이 말의 진위를 따지기에 앞서 우리 스스로도 무조건 동의했다. 바보같으니라고.

친구 사귀는 것도 능력이다

친구 사귀는 능력도 사람에 따라 천차만별이다. 우정은 길과 같아서 자주 다니지 않으면 잡초가 우거진다는 말이 있다. 친구를 만드는 데는 각별한 품이 든다. 인생엔 공짜가 없다.

외로움을 즐길 것

혼자 놀 줄 안다는 건 외로움을 즐길 줄 안다는 뜻이다. 외로움을 즐길 수 있다면 남에게 섭섭함 따위를 느낄 겨를이 없다. 섭섭함을 느끼지 않는 사람은 늘 여유로워 보여 주위에 사람들이 모여든다.

혼자 놀 줄 알아야 덜 외롭다

혼자 잘 노는 사람이 곧 여럿과 잘 어울릴 줄 아는 사람이다. 특히 나이 들어가면서 혼자 놀 줄 모르면 공연히 주위 사람을 괴롭히게 된다. 괴롭힘을 당하는 일이 잦다 보면 젊은이는 점점 더 멀어지고 노인은 점점 더 야속해한다. 나이 들수록 혼자 놀 줄 알아야 인생이 그나마 덜 외롭다. 덜 삭막해진다.

혼자 영화관에 가기

나도 한때는 그랬다. 영화는 절대로 혼자 보는 게 아니며 또 혼자 볼 수도 없다고. 하지만 나이가 들면서 저절로 생각이 바뀌었다. 영화를 함께 볼 사람을 구하다 영화를 놓치는 일이 잦아지면서.

사실 누군가와 영화를 함께 보는 일은 생각보다 쉽지 않다. 물론 영화를 월중행사나 계절행사로 보는 사람이라면 다르지만 나처럼 수시로 닥치는 대로 영화를 보고 싶어 하는 나이든 여자에겐 특히 그렇다.

위아래 열 살 정도는 터놓고 지냈으면

물론 또래와의 만남처럼 속 편한 것도 없다. 공유하는 추억이 많으니 언제나 얘깃거리가 넘치고, 늘어진 피부 밑으로 앳된 옛 얼굴이 보여서 내 나이를 잊으니 즐겁다. 그렇다고 허구한 날 또래만 만나고 살면 무슨 재미인가. 또래는 또래고 되도록 다양한 연령층의 사람들과도 함께 어울려야지. 그러니 너무 젊은층한테 끼워 달라는 게 다소 무리라면 최소한 위아래 열 살 정도는 다 터놓고 지냈으면 좋겠다.

인생에는 공짜도 없고
헛수고도 없다.

오늘, 난생처음 살아보는 날

　내가 사는 오늘 하루하루가 난생처음 맞는 날이라는 걸 잊어버리고 무언가 새로운 이벤트가 없으면 사는 게 재미도 없고 의미도 없다고 생각했다. 일흔이 넘어서야 일상의 새로움을 다시 느끼고 있다니 참 어리석기도 하다. 난생처음 살아 보는 내일은 또 무슨 일이 일어날지 기대된다.

즐겁지 않은 것도 내 인생

난 즐겁지 않은 인생은 인생이 아니라고 생각했다. 그래서 우울함은 물론이고 심심함조차 내 시간에 용납할 수 없었다. 하지만 갑작스런 입원은 인생이 꼭 즐겁지만은 않을 수도 있음을 가르쳐 주었다. 즐겁지 않은 것도 나의 인생이었다. 내 인생이 즐겁지 않을 수도 있다는 걸 받아들이는 데는 시간이 필요했다. 인생은 짧은 즐거움과 긴 괴로움의 연속이라는 말은 문학적 수사가 아니었다. 그건 모든 사람의 현실이며 나의 현실이었다.

잘 산다는 것

잘 산다는 것은 선두를 차지하는 것이 아니다. 자신 속에 숨어 있는 힘을 최대한 끌어내 그것을 키우면서 스스로 만족하는 삶이야말로 진정으로 잘 사는 것이다. 남보다 앞선다는 건 그리 중요한 일이 아니다. 그냥 뚜벅뚜벅 내 길을 걸어가면 그것으로 됐다.

완벽한 셈은 없다

젊은이들이여, 너무 셈을 앞세우지 마라. 어차피 인생은 셈한 대로 풀리지 않을뿐더러 완벽한 셈은 어디에도 없는 법이니까. 지금 이익이라고 생각해 봤자 나중에 손해일 수도 있고 지금 손해인 것만 같은데 결국은 이익으로 돌아올 수도 있는 게 인생이다.

끝없는 우연과 작은 선택

인간은 끊임없이 부딪치는 우연 속에서 그때그때 아주 작은 선택을 하면서 그걸 운명적인 결단이라고 착각하며 사는 존재인 것 같다.

재미있게 사는 비법

재미도 행복과 같아서 바깥에서 저절로 찾아오는 것이 아니라 내가 찾아 나서야 비로소 만날 수 있다. 재미있게 살고 싶으면 남이 언제 나를 재미있게 해주나 기다리고만 있을 게 아니라 내가 앞장서서 나를 재미있게 만들어야 한다.

가지 않은 길을 돌아보느라
목이 뻐근할 때가 얼마나 많았던가.

행복이 어디 있는가 하면

아무리 힘든 일이 닥쳐도 우리는 행복할 수 있다. 행복은 그냥 찾아오는 것도 아니고 누가 가져다주는 것도 아니다. 행복은 내 속에 들어 있는 것이며 내 행복을 만들어 주는 건 남이 아니라 바로 나 자신이다. 행복은 능력이다.

Part 2

이 시간은
바람처럼 지나갈 테니

내 안의 엄마

　새벽에 일어나 화장실에 가서 손을 씻는데 세면대 거울 속에서 엄마가 나를 쳐다보고 있다. 어느 날 외출하고 들어오는데 현관 거울에서 엄마가 맞는다. 어떨 땐 혼자 '엄마' 하고 불러 보기도 한다.

나만의 엄마 노릇

내 아이를 다른 집 아이와 비교할 필요가 없는 것처럼 자신을 다른 엄마와 비교할 필요도 없다. 다른 엄마는 그 엄마의 아이를 키우는 거고 나는 내 아이를 키우는 거다. 다른 엄마에 비하면 나는 어느 정도의 엄마일까 점수 매기지 말고 스스로 내 아이의 맞춤형 엄마가 되면 그것으로 됐다. 세상에 하나밖에 없는 그런 엄마. 나만의 엄마노릇을 해내는 것, 그것도 창의력이다.

"아이들이 어른보다 덜 지적인 것은 아니다.
다만 경험이 부족할 뿐이다."

– 존 버닝햄(1936–2019, 영국의 동화작가)

엄마의 늦공부

　살림만 하던 늙은(?) 엄마가 어느 날부터 갑자기 저녁 설거지를 하자마자 거실 한쪽에 밥상을 펴놓고 공부에 몰두하는 사건이 벌어지자 아이들은 처음엔 어리둥절 신기해하다가 어느새 슬그머니 엄마 옆에 둘러 앉아 공연히 책을 뒤적거리기 시작했다.

엄마보다 할머니가 먼저 될 순 없을까

손주들을 볼 때마다 아득한 옛날의 내 엄마 노릇이 부끄럽고 미안해진다. 아, 할머니가 되어 본 다음에 엄마 노릇을 했으면 정말 멋지게 할 수 있었을 텐데.

육아의 시간

똑똑하고 재주 많은 며느리들이 육아 때문에 자신이 하던 일을 접거나 줄이는 모습을 보면 같은 여성으로서 안타깝기 그지없지만 그들이 육아에 힘들어하면서도 행복해하는 모습은 보는 나까지 행복하게 만들어 준다. 나는 속으로 '그래, 맘껏 사랑하고 즐겨라. 이 시간은 바람처럼 지나갈 테니'라는 응원의 메시지를 보낸다.

아이들은 스스로 크는 존재다

내가 아이들을 대하는 가장 기본적인 자세는 '너희들이 나한테 손님으로 와 줘서 너무 고맙다'라는 것이다. 이 지구상에 사는 수많은 부모들 가운데서 바로 나에게, 이처럼 못나고, 변덕이 죽 끓듯 하고, 욕심 많고, 심술 많고, 그러면서 잘난 척하고 게으른 그런 엄마한테 와 주어서 너무 고맙다. 아이들을 내 새끼가 아니라 우연히 나한테 온 고마운 손님으로 대하려고 노력했다. 손님으로 봐야 쓸데없는 간섭을 안 하게 되니까 말이다. 나는 아이들이 나름의 완성된 어떤 미래를 자기 안에 갖고 태어난다고 보고, 아이들이 크는 과정은 그것이 바깥으로 어떻게 드러나는가 하는 것 이외에는 아무것도 아니라고 생각한다. 즉 아이는 키워지는 존재가 아니라 스스로 크는 존재라고 굳게 믿는다.

남에게 보여 주기 위해 키우는 게 아니다

아이가 성장하는 모습에서 기쁨과 보람을 느끼면서 나도 함께 성장하는 것이 아이 키우기의 목표이자 재미다. 남에게 너 참 아이 잘 키웠다라는 말을 듣고 우쭐하는 게 목적이 아니다. 한마디로 내 아이는 내가 좋아서 키우는 거지 남에게 보여 주기 위해 키우는 게 아니다.

부모라는 자리

어느덧 시대가 바뀌어 우리 자녀세대는 부모에 대한 책임감을 크게 느끼지 않는다. 성공에 대한 개념도 확 바뀌었다. '남 보란 듯이' 사는 게 삶의 목표였던 시대에서 '나 나름대로' 사는 게 행복인 세상이 되고 있다. 이렇게 너무나 빠른 변화 속에서 부모들은 자기가 살아온 과정을 돌이켜 보며 자식의 미래를 내다봐야 한다. 부모는 그렇게 어려운 자리다.

아이는 부모가 쉽게 키우면 쉽게 자라고,
부모가 어렵게 키우면 어렵게 자란다.

아이는 나의 분신이 아니다

　현재의 내가 불만족스러울수록 아이에 대한 기대가 커진다. 기대가 크면 실망도 큰 법. 실망이 커져 가면 원망으로 이어진다. 하지만 아이는 나의 분신이 아니다. 내가 이루지 못한 것들을 그들에게 기대할 이유는 어디에도 없다. 아이는 자신이 원하는 것을 이루면 된다.

정말로 무조건 사랑하는가?

부모라면 누구나 아이를 무조건 사랑한다고 말한다. 그렇다면 곰곰 생각해 보자. 정말로 무조건 사랑하는 게 맞을까? 혹시 아이가 내 마음에 들 때만, 나를 즐겁게 해줄 때만 사랑하는 건 아닐까? 공부를 잘 하니까, 말 잘 듣고 착하게 구니까 사랑하는 건 아닐까? 아이가 내 마음에 들지 않아도, 나를 화나게 만들어도, 공부를 못해도, 말을 안 듣고 못되게 굴어도 나는 아이를 사랑할 수 있을까?

무조건적인 사랑을 퍼부어야 아이는 포만감을 느낀다. 아이를 있는 그대로, 부족하면 부족한 대로 받아들이자. 아이가 부족하면 그만큼 부모가 채우면 된다. 그렇게 아이를 키우고 부모 자신을 키우는 것이 부모가 되어가는 과정이다.

68

아이에게 잔소리를 하고 싶지 않다면

아이에게 잔소리를 하고 싶지 않은데 놀고 있는 아이를 바라보고 있으면 초조해져서 저절로 잔소리가 튀어나온다는 엄마들에게 내가 줄 수 있는 조언은 단 하나, "그럼 아이를 바라보고 있지 마세요"다. 처음엔 농담처럼 들리는지 엄마들은 막 웃는다. 하지만 난 진담이다. 아이만 바라보고 있으면 초조해지는 건 당연하다. 엄마가 보는 것은 아이의 현재가 아니라 미래이기 때문이다. 지금 저렇게 놀기만 하면 좋은 학교 못 갈 거고 그러면 좋은 직장도 못 얻을 거고 그러면…. 그러니 초조해질 수밖에. 그러니까 잔소리하고 싶지 않다는 말이 진짜라면 아이를 바라보고 있지 않으면 된다.

엄마 인생, 길고도 멀다

아이의 미래만 걱정할 게 아니라 내 미래도 걱정해야 한다. 나는 하루가 다르게 변하는 환경에 유연하게 대처해 나갈 수 있을까, 나는 끝까지 내 인생을 내가 관리하고 책임질 수 있을까, 노년의 가난이나 외로움을 겪지 않기 위해 난 어떤 준비를 해야 할까 등등 풀어야 할 문제들이 차고 넘친다. 일단 아이를 끝까지 공부시키고 난 다음에 내 인생을 챙기겠다고 생각한다면 너무 늦을 염려가 있다. 준비는 빠를수록 좋은 법이다. 아이가 공부 열심히 해서 좋은 대학 들어가면 물론 기쁜 일이다. 하지만 아이의 인생도 엄마의 인생도 그걸로 끝이 아니다. 각자 살아야 할 인생은 여전히 길고도 멀다.

모성을 초능력으로 착각하지 마라.
엄마의 사랑이 아무리 커도
사랑만으로는 안 되는 일이 있게 마련이다.

두려워하지 마라.
아이도 부모와 함께 성장한다.
오늘보다 내일이 나을 것이고,
올해보다는 분명 내년이 나을 것이다.
경험만큼 좋은 선생은 없다.

엄마의 행복까지 책임져야 하나

아이의 행복을 위해 최선을 다하겠다는 엄마들이 정작 본인의 행복에 대해서는 무심한 경우가 꽤 많다. 아니, 의식적으로나 무의식적으로나 아이의 행복과 자신의 행복을 동일시함으로써 결과적으로 자식과 자신을 구속한다. 엄마가 행복해지기 위해서 아이는 반드시 행복해져야 한다. 혹시라도 내가 행복하게 살지 못하면 엄마까지 행복해지지 못하니까. 아이는 아주 어릴 적부터 엄마의 행복이 자신에게 달려 있다는 사실에 뿌듯함을 느낄까, 아니면 부담감을 느낄까. 엄마의 행복까지 책임져야 하는 짐이 너무 무겁게 느껴지진 않을까.

네가 있기에 나는 지금 행복하다

지금 처해 있는 상황을 당장 바꿀 수는 없을지라도 행복한 엄마가 되는 가장 빠르고 손쉬운 방법이 있다. 다름 아니고 아이에 대한 내 마음을 바꾸는 일이다. '네가 행복해지면 나도 행복할 거다'라는 생각 대신 '네가 있기에 나는 지금 행복하다'라고 생각해 보면 어떨까. 먼 미래에 행복하게 살 너로 인해 나도 비로소 행복해질 것이 아니라 현재의 너로 인해 난 이미 충분히 행복한 엄마라고 생각하는 것이다. 지금 내가 처해 있는 객관적 상황이 아무리 열악해도 엄마는 너의 존재 자체만으로도 정말 행복하다는 믿음을 아이에게 준다면, 행복한 사람의 표정을 보여 준다면 아이는 엄마 얼굴만으로도 행복이 무언지 배울 수 있고 저절로 행복해질 수 있다.

언젠가는 떠나갈 손님

나는 아이들을 간섭하지 않은 엄마가 아니라 아이들을 간섭하지 못한 엄마였을지 모르겠다. 나는 애초부터 아이들을 언젠가는 떠나갈 손님처럼 생각했던 것 같다. 어려운 손님에게 이래라저래라 할 주인이 없듯이, 아이들을 손님으로 본다면 어떤 엄마가 감히 아이들을 자기 뜻대로 하고 싶어 할까. '자식을 손님처럼.'

어른들이 문제다

나는 늘 아이들이 문제가 아니라 어른들이 문제라는 생각을 버릴 수가 없다. 웬일인지 상당히 생각이 깊은 것 같은 어른들도 부지불식간에 아이들에게 상처를 주는 말을 쉽게 내뱉는 것도 그 이유 중의 하나다. 특히 많은 사람들이 형제간에 비교하는 말을 하면 좋지 않다는 것까지는 인정하면서도, 형을 칭찬하고 동생을 폄하하는 말을 하는 것은 괜찮다고 생각한다.

자식 결혼에 대한 자세

나는 결혼이 집안과 집안의 결합이라고 생각하지 않는다. 결혼은 어디까지나 개인과 개인의 결합이라고 생각한다. 자식들이 저희들끼리 뜻이 맞아서 결혼을 하게 되었으면 우리는 단지 그들의 부모라는 입장에서 함께 기뻐하고 축하해 주면 됐지 그 외의 형식들이 무슨 의미가 있을까.

원망한다, 사랑한다

누구나 부모를 원망한다. 그렇다고 누구나 부모를
사랑하지 않는다는 말은 아니다. 아주 예외적인 경우를
제외하고는 대부분의 자녀들은 부모를 사랑하고 때로는
존경한다. 그리고 때로는 원망한다.

아들아, 나를 버려라

혹시 아들이 나 때문에 아내와 심각하게 싸우는 중이라면 나는 단호하게 선언할 것이다. "둘 중 하나를 버려야 한다면 나를 버려라." 아들은 앞으로 어머니와 살 날보다 아내와 살 날이 훨씬 길잖은가.

쿨하면서도 따뜻하게

좋은 가족 관계란 무엇일까. 사춘기 때부터 할머니가 된 지금까지 내가 생각하는 좋은 가족 관계란 '쿨하면서도 따뜻한 관계'다. 너무 부담없이 지내다가 상처를 주고받지 말고 서로 지킬 것은 지키되 최대한 서로 보살피고 베푸는 관계. 너무 끈끈하지 않으면서도 언제나 그리운 관계.

우리 집에선 나만 잘하면 돼

구성원 하나하나가 최선을 다해서 살면 결국 집안 전체가 잘 굴러가게 되어 있다. 많은 이들이 자신은 엉터리로 살면서 다른 식구들에게 이래라저래라 하기 때문에 분란이 생기잖는가. 각자가 잘 살면 다른 식구들에게 의존할 필요도, 군림할 필요도 없게 되니 저절로 가화만사성이 될 것이다. 우리 식구들은 모두 '우리 집에선 나만 잘하면 돼'라고 생각한다. 그 얘기는 '내가 우리 집에서 제일 잘났어'라는 뜻이 아니라 다른 식구들은 다 잘하고 있으니 내가 누를 끼치면 안 되겠다는 뜻이다.

자식을 그리는 부모의 마음

부모와 자식이 느끼는 그리움 사이에는 엄청난 거리가 존재한다. 자식이 부모를 그리는 마음은 부모가 자식을 그리는 마음에 비할 상대가 되지 못한다. 왜 자식을 키워 보기 전에는 그 마음을 그토록 헤아리기 어려운 걸까.

내 뜻 아닌 자기 뜻대로

아이가 자신의 적성을 찾아낼 수 있도록 돕는 것은 부모의 중요한 역할 중 하나다. 아이가 자기가 진짜 좋아하는 일을 찾아낼 때까지 아이의 작은 몸짓, 작은 소리에도 귀 기울이자. '내 뜻대로'가 아니라 '자기 뜻대로' 살기를 바란다면 아이가 자신의 뜻을 드러낼 때까지 참고 기다려 줄 수 있어야 한다.

Part 3

도대체 왜,
내가 저 사람이랑 결혼한 거지?

'보는 그대로' 사랑한 죄

누군가를 진정으로 사랑한다면 '있는 그대로'를 사랑해야 한다고들 하지만 솔직히 함께 살기 전에는 절대로 있는 그대로를 알 수 없다. 누군가를 사랑할 때 우리는 있는 그대로가 아니라 '보는 그대로'의 누군가를 사랑하는 것이다. 그것도 일주일 중 단 며칠, 또 24시간 중에서 단 몇 시간뿐인 아주 짧은 동안 보는 사람을.

단맛은 짧고 쓴맛은 길다

내가 결혼한 이 남자는 내가 사랑했던 그 남자와 다를 수밖에 없다. 그러니 당연히 신혼의 단꿈은 짧을 수밖에. 단맛은 너무나 짧고 쓴맛이 긴 건 결혼의 숙명이다.

우리 만남은~ 우연이~야~

우리의 만남이 운명적인 것이라고 생각하는 것보다 우연한 만남이라고 생각하면 마음이 한결 가벼워진다. 운명이란 말은 뭔가 비장미가 느껴지지만 우연이라는 말은 경쾌함이 느껴지기 때문이다.

아,
지금 알고 있는 것을 그때도 알았더라면,
정말이지 결혼은 알고는 못할 짓이다.

결혼의 가치, 굳이 말해보자면

결혼은 서로 다른 인간들이 상대의 다른 점을 인정하면서 타협해 나가는 과정이다. 그 과정에서 부부는 좀 더 넓은 세상을 경험하고 타인과 공존하는 법을 터득하면서 좀 더 나은 인간으로 성장해 나갈 수 있다.

남자와 여자라는 큰 차이

결혼은 두 외계인의 차이를 끊임없이 확인하는 과정일지도 모르겠다. 처음엔 '우리는 하나'라고 굳게 믿다가 수없는 갈등을 거쳐 드디어 '우리는 둘'이라는 결론에 이르는. 남자와 여자라는 성별 차이에 비하면 성격, 습관, 취미의 차이쯤은 극히 사소한 차이인 것 같다.

성공이냐, 행복이냐

성공과 행복에 대한 생각이 확연히 다르면 부부 관계는 늘 위태로울 수밖에 없다. 성공하면 그것이 곧 행복이라고 믿는 사람과 행복하면 그것이 성공이라고 믿는 사람 사이의 거리는 하늘과 땅만큼이나 멀다.

싸움의 이유, 참 민망하군

이 나이가 되도록 별거 아닌 일에 핏대를 올리고 서로 질세라 상처를 주는 말들을 눈 깜짝하지 않고 주고 받을 줄 정말 예전엔 미처 몰랐다. 아니, 어떻게 된 게 나이가 들수록 너무 시시해서 말하기조차 민망한 건수로 싸움이 잦아지는지 참 희한하다. 젊었을 때야 그놈의 자존심 때문에 조금만 걸려도 파르르 불꽃이 타올랐다고 해도, 이쯤 나이가 들면 시들어 간 사랑을 되돌린 순 없다 쳐도 상호간에 측은지심을 느껴서 더 참고 더 배려해 줘야 하는 거 아닌가 말이다.

최악의 강적은 무심한 사람

세상에서 최악의 강적은 독한 사람이 아니라 둔한 사람이다. 아니, 둔한 게 아니라 무심한 사람이다.

부부싸움의 도

부부싸움도 자꾸 하다 보면 나름 도가 트는 것 같다. 싸우긴 하되 바닥까지 내려가진 않고 적당한 선에서 휴전을 선포할 줄 알게 된다. 나이 덕분인지 싸우고 나서도 돌아서면 금방 잊어버리는 것도 큰 소득이다.

사소한 일로 자꾸 싸워야

이 나이까지 티격태격하면서 사는 내가 한심하다
가도 그나마 싸우면서 살았으니까 이만큼이라도 산 게
아닐까 하고 스스로 위로한다. '사소한 일로 자꾸 싸워야
큰 싸움을 피할 수 있다'는 말이 있듯이.

이룰 수 없는 목표

남자와 여자는 원래 대화가 안 통하게 생겨먹은 것일까. 여자는 공감을 요구하는 반면 남자는 분석하려 들기 때문에 원칙적으로 대화가 통할 수 없다고들 하던데, 그렇다면 부부 사이에 화기가 넘치는 대화를 원하는 것 자체가 애초에 이룰 수 없는 목표일지도 모르겠다.

그도 나처럼 외로운 존재

인간은 어차피 외로운 존재다. 연인이 그 외로움을 달래 주는 데 특효약인 건 사실이지만 약효는 늘 시한부일 뿐이다. 특별히 소통이 잘 되는 남편이라면 외로움 퇴치에 큰 힘이 되겠지만 그 역시 외로움을 완치시킬 명의가 되는 건 불가능하다. 그도 결국은 나처럼 외로운 존재이니까.

그가 괜찮은 남편이 되는 순간

내 남편이 정치인도 아니요 고관대작도 아니요 재벌도 아니라는 사실이 한없이 고맙게 느껴질 때가 있다. 그 고마움을 평소에는 잊고 살다가 새삼스레 다시 확인하는 계기가 있을 때, 나도 이만만 하면 괜찮은 남편을 만난 셈이라는 계산에 적잖은 행복감까지 느낀다.

내 남편도 남편만 아니라면
영원히 그리워했을 사람일 텐데….

여행의 이유

아내와 남편의 역할을 벗어나서 여행친구가 되면 아무리 둘러봐도 싸울 일이 없다. 밥을 안 해도 되는데, 구질구질한 일상에서 벗어났는데, 왜 싸우나. 길을 떠나는 그 순간에 이미 팽팽했던 신경줄이 느슨해져서 둘 다 예전의 털털한 성격으로 돌아가니 즐길 일만 남는다. 그러니 앞으로 계속 사이좋게 살려면 우린 길 위에서 살아야 하나 보다.

바통을 넘겨받는다는 것

남편이 경제적 능력을 잃었을 땐 아내가 바통 터치를 하는 게 당연하지 그게 왜 그토록 예외적이며 안타까운 일이냐 말이다. 부부라면 가정이 위기에 처했을 때 힘을 모아 극복해 나가는 것이 당면 과제가 아닌가.

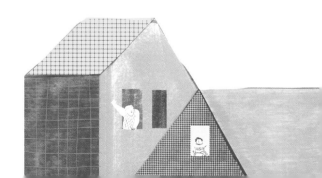

남자들은 느림보

여성들은 이렇게 바뀌는데 같은 공간에 사는 남성들의 변화 속도는 터무니없이 느리다. 특히 나이든 남자들은 여태까지 살아온 방식을 버리는 데 심한 저항감을 느낀다. 그들은 그걸 소신이라고 주장하는지 모르겠지만 미안하게도 그건 소신이 아니라 무능이다.

나이든 여자에게 나이든 남자란

냉정한 표현이지만 어쩌면 나이든 남자들은 나이든 여자들에게 그 존재만으로 부담스러운 것인지도 모르겠다. 여자들은 나이들수록 독립적으로 되어 가는 데 반해 남자들은 나이들수록 의존적으로 되어 가니까.

아내도 은퇴하고 싶다

남편 밥해 주기가 왜 그리 귀찮냐고 타박하지 마시라. 남자가 일에서 은퇴할 나이가 되면 여자도 역시 살림에서 은퇴하고픈 나이다. 한마디로 여자도 나이가 들면 밥해 먹는 일이 힘들다.

남자와 여자는 적이 아니다

페미니스트는 절대로 남자를 적으로 보지 않는다. 페미니스트가 비판하는 대상은 남성 중심주의에 기반한 가부장제 사회일 뿐이다. 그런데 가부장제 사회에서는 여성뿐만 아니라 대부분의 남성도 억압된 삶을 살고 있지 않은가. 오히려 남자들은 페미니스트에게 고마워해야 한다. 페미니스트는 여성이나 남성이나 지위, 재산, 능력, 외모에 관계없이 인간 자체로 존중받아야 한다고 믿는 사람들이기 때문이다.

남과 함께

　　젊은 부부들이 문제지 나이든 부부들이 무슨 문제
냐고? 초장에 박살내지 않고 용케 몇 십 년을 살다 보면
나름대로 노하우가 쌓였을 테고 앞으로도 그 페이스대
로 쭉 나가면 됐지 무슨 걱정이냐고? 글쎄, 그게 그렇지
않으니 문제란 거다. 아직도 길게 남아 있는 세월을 남하
고 함께 끝까지 살아낸다는 거, 그거 보통 일이 아니다.

왜 그렇게 믿은 거지?

　연애할 때야 연애하는 맛으로, 신혼 때야 신혼 재
미로, 애 키울 때는 또 애 키우는 재미로 저절로 살아졌
다. 부부 사이는 마냥 반석 같을 줄 알았다. 한때 사랑했
으니 영원히 사랑하겠지, 뭐. 이다음에 아주 나이가 많이
들면 우아한 할배 할매가 되어 정답게 손잡고 동화처럼
예쁘게 살겠거니 믿었다.

사이좋게 해로하는 법
스스로에게 하는 다짐

젊었을 때 착실히 돈을 모아 놓아라.

피차 지나친 관심을 끊어라.

집안일은 사이좋게 나눠라.

서로 손님으로 대접하라.

측은지심으로 살자.

따로 또 함께 하자.

있는 그대로 사랑하라.

현실인 듯 현실 아닌

부부가 일상이라는 무대를 떠나서 만날 수만 있다면 영원히 친구같이 애인같이 살 수 있을 텐데. 현실이면서 현실 아닌 그런 결혼, 어디 없나?

인륜지대사는 무슨!

　결혼이 선택이듯 이혼 또한 선택이라고 생각하는 여자들이 점점 늘고 있다. 그냥 참고 살기에는 인생이 너무 길어져 버렸고 결혼은 인생에 단 한 번뿐인 인륜지대사가 아니기 때문이다. 두 번도 할 수 있고 세 번도 할 수 있는 인간사일 뿐이다.

모름지기 아내는 아프지 말아야

미국의 한 연구에 따르면 부부 한쪽이 암 같은 큰 병을 앓을 경우 그 곁을 떠나지 않고 간병하는 비율이 아내의 경우는 70퍼센트인 반면 남편은 30퍼센트에 불과하다는 발표가 있었다. 재미있는 건 그 원인에 대한 분석인데, 남자들은 성적인 접근이 차단되면 아내를 떠난다나 뭐라나. 내 짐작으로는 우리나라 남자들은 성적 불만보다 생활의 불편 때문에 못 참을 것 같지만. 이런, 내가 뭘 모르나?

황혼 이혼을 대폭 줄이는 법

남편이 일에서 물러난 초기에는 한참 동안 삼시세끼를 둘러싸고 서로 신경이 곤두섰던 것 같다. 난 매끼를 차릴 때마다 부당 노역을 당하는 심정으로 대놓고 툴툴거렸고, 남편은 그런 밥을 얻어먹는 게 몹시도 치사하게 여겨졌겠지만 그렇다고 자기가 밥상을 차릴 능력도 의지도 없는 처지니 눈치만 살필 뿐이었다. 하여튼 젊어서나 늙어서나 그놈의 밥이 웬수다. 삼시세끼만 아니라면 황혼 이혼이 대폭 줄어들 것이다.

결혼 정년제가 제도화된다면

황혼 이혼도 장수 시대니까 가능한 시대의 현상이다. 장수 시대에 한 배우자와 해로한다는 건 억지다. 결혼 정년제를 제도화해서 일정 기간이 되면 이혼이라는 거추장스런 절차를 거치지 않고 결혼 계약이 자동 해지되도록 하면 어떨까. 그 배우자와 계속 살고 싶으면 재계약하고 아니면 그것으로 끝이니 서로 얼굴 붉히거나 삿대질할 일 없이 얼마나 깔끔한 제도인가.

나를 죽여야 가능한 일

참고 기다리고 적응하는 능력, 즉 나를 죽여야 결혼 생활을 지속할 수 있다. 결혼 전에는 온전히 나 자신을 위해서 살아도 되지만 결혼 후에는 다른 사람들을 먼저 생각할 수밖에 없는 상황이 수시로 생긴다. 도저히 나를 죽일 자신이 없다면 간단하다. 결혼 안 하면 된다.

유연하게, 따로 또 같이

나이 들어서 사이좋게 지내는 법의 제1조는 '새로 결혼 생활을 시작한다는 마음가짐을 가져라'이다. 젊었을 때보다 더 서로의 입장과 심정을 이해하려 노력해야 한다. 또 서로를 지배하려는 마음을 버리고 각자의 생활을 인정하면서 또 둘이 함께 하는 생활도 즐길 수 있는 그런 유연한 마음을 가져야 한다.

"다시 태어나도
지금의 배우자와 결혼하시겠습니까?"

"다시 태어나는데 왜 결혼을 해?"

싸워도 잠들기 전에는 꼭

'결혼은 고된 여정과 같아서 때로는 어렵고 또 때
로는 격랑이 일기도' 한다. 따라서 '남편과 아내가 다투
는 것은 늘 일어나는 자연스러운 일'이지만 '절대로 화
해하지 않고 하루를 끝내지 말아야 한다.' 왜냐하면 '화
해에는 그저 작은 표현만 있으면 되기 때문'이다.

— 프란치스코 교황(1936~)

Part 4

지나간 나이는 항상 젊다

불타는 욕망을 끊기에는 아직 젊다고?

"나는 불타는 욕망을 끊기에는 아직 젊다"는 그 나이든 남자의 넋두리에 고개를 갸우뚱거리게 된다. 불타는 욕망을 쫓기에는 난 너무 늙었다고 생각하기 때문이다. 이런 게 혹시 남자와 여자의 차이인지 모르겠다는 생각을 했지만 곧이어 이건 남녀 차이가 아니라 개인 차이일지 모른다는 쪽으로 생각을 돌렸다.

나이든 사람이 따로 있는 게 아니다

나도 모르는 새 부쩍 나이를 먹었다는 사실을 알아챈 무렵부터 생각이 조금씩 바뀌기 시작했다. 적어도 나이든 사람이 따로 있는 게 아니라 바로 내가 나이들어간다는 사실을 깨달았다. 나도 마흔을 넘고 쉰을 넘을 수 있다는 걸 인정해야 했다.

주름살

뺨에 깊게 새겨진 베갯자국,
저녁이 돼도 그대로 있네.
아이쿠,
주름살이었구나.

나잇값

사람은 나이를 의식하지 않고 살 수 없다. 내 이름이 쓰이는 한 그 옆에는 으레 괄호가 쳐지고 숫자가 매겨지게 마련이다. 하지만 세상이 값을 정하는 대로 자신의 나잇값을 저울질하며 살 필요는 없다. 다른 사람에게 팔 것도 아닌데 내 나잇값은 내가 마음대로 매기면 그뿐이다.

시간은 언제나 쏜살처럼

멍하니 앉아 있어도 시간의 속도감이 느껴지면 그게 바로 나이들어 가는 징조라고 하지만 기억을 되살려 보면 20대에도 시간은 늘 '쏘아놓은 화살처럼' 날아갔다.

참을 수 없이 무거운 착각

나이라는 게 그렇다. 자신보다 10년 어린 사람과 자신은 아무 차이가 없는 것처럼 생각되는 반면, 자신보다 10년 위인 사람은 한 세대 위처럼 늙게 생각된다. "그 연세에…"라는 말에 거품을 물고 덤비는 나 역시 예외가 아니다. 나도 입 밖으로 토해 내지만 않았다 뿐이지 나보다 열 살은커녕 다섯 살만 많아도 마음속으론 나하곤 다른 세대로 밀어낼 때가 많다. 반면 10년 이상 아래인 사람들과는 전혀 세대차를 못 느낄 정도로 잘 어울린다고 스스로 자부한다. 이 참을 수 없이 무거운 착각이라니!

모든 인간은 자기중심적이다. 자기를 중심으로 젊음과 늙음을 가른다. 물론 자기 자신은 항상 젊은 축으로 본다.

친구보다 내가 훨씬 젊어 보인다고?

나이듦의 기준이 뭐냐고? 그야 대충 나를 기준으로 판단하는 거지, 뭐. 모든 사람이 자기 자신만은 실제 나이보다 10년쯤 젊어 보이리라는 착각 속에 산다는 말도 있다. 그래서 오랜만에 고등학교 동창을 만난 순간 가슴이 철렁하지만 이내 나는 쟤보단 훨씬 젊다고 생각한단다. 그렇지만 불변의 진리 하나, 그것은 아무리 젊어 보이려 애를 써도 또래는 또래를 알아본다는 것이다.

나는 나이를 '먹고' 싶지 않은데
나이는 어느새 잽싸게 내 안에
'들어와' 있다.

몸의 반란

요즘엔 오후에 커피를 단 한 잔이라도 마셨다 하면 어김없이 새벽에 잠이 깬다. 오십 년 이상을 사귀어 온 죽마고우 같은 커피를 하루아침에 거부하다니 몸은 참으로 변덕스럽다. 몇 년 전까지만 해도 잠들기 전에 따뜻한 커피를 마시면 잠이 더 잘 왔는데….

몸 컨디션에 따라 기분이 춤을 추게 된 건 쉰 줄에 들어서서 병원 신세를 지게 되면서부터다. 나는 워낙 타고난 건강체이기 때문에 몸을 돌봐야 한다는 생각은 아예 해본 적이 없다. 그저 먹고 싶은 대로 먹고, 마시고 싶은 대로 마시고, 하고 싶은 대로 하고, 놀고 싶은 대로 놀았다. 이렇게 반백 년 동안 홀대받은 몸은 마침내 반란을 일으켰고 그 이후 지금까지 난 철저하게 몸의 노예로 살고 있다.

너는 어떻게 죽고 싶은가

가까운 이들의 죽음이 남긴 아픔은 쉬이 가라앉지 않았다. 일상은 금세 되풀이되었지만 그 아픔은 불쑥불쑥 되살아나 나를 각성시켰다. 자, 너도 곧 죽을 것이다. 그런데 너는 어떻게 죽고 싶은가.

요즘 우리 또래의 화두는 '어떻게 죽을 것인가'로 모아진다. 모두들 아프지 않고 '자는 듯이 죽고 싶다'는 소망을 털어놓는다. 링거를 주렁주렁 달고 중환자실 침대에서 숨을 멎고 싶지 않다고 입을 모은다. 하지만 예로부터 인간의 이 소망은 신이 받아들이기엔 지나치게 건방진 것이란다. 그래서 그런지 자는 듯이 죽는, 모두의 소망인 '편안한 죽음'은 현실에선 아주 드물다. 전생에 나라를 구한 사람이면 모를까.

아쉬운 듯할 때는 언제?

모두들 말한다. 너무 오래 살아도 나중이 문제이니 적당할 때 떠나고 싶다고. 그럼 도대체 적당한 때가 언제냐고 물으면 '아쉬운 듯할 때'라고 답한다.

재미있는 건 그 '아쉬운 듯'한 시간이 입장에 따라 너무 다르다는 사실이다.

오래 전 어느 대학에서 '부모님이 떠나셔도 아쉽지 않은 나이'에 대한 조사를 했더니 '62세'라는 결과가 나왔다고 한다. 20대 입장에선 너무 당연한 답을 두고 40대는 허허 웃고, 60대는 민망해하고 80대는 분기탱천했다는 썰.

딸은 엄마를 얼마나 알고 있을까

엄마가 갑자기 늙은 병자로 변하자 조급증이 났다. 엄마에 대해 아무것도 모른 채 떠나보내서는 안 된다는 생각이 들었기 때문이다. 시어머니의 인생보다 친정엄마의 인생에 대해서 더 모른다는 것도 부끄러운 일이었다.

고령화의 주범

고령화가 미래 사회의 최대 재앙이라는 말은 예상이 아니라 이미 현실화되고 있는 중이라는 걸 모두가 실감하고 있다. 특히 우리 세대는 마치 자신들 때문에 재앙이 더 빨리 덮치는 것 같아 두려움과 더불어 일종의 죄책감까지 느끼는 중이다.

새로운 '할머니'들의 등장

세상은 이렇게 바뀌는 거구나. 슬금슬금 바뀌는 듯 마는 듯하다가 어느 순간 확 바뀌는 거구나. 젊은이만 변하는 게 아니라 나이든 이들도 쉬지 않고 변하고 있구나. 중년 여성들이 '아줌마'라는 틀을 깨뜨려 나가듯 이제 나이든 여성들이 '할머니'라는 틀을 깨뜨리고 있구나. 이들이 암울하게만 다가오는 고령화 사회에서 새로운 노인 여성 이미지를 만들어 나갈 첫 세대로구나. 나는 무슨 큰 발견이라도 한 듯 한껏 흥분해서 세련되고 생기발랄한 그들의 뒤를 졸졸 따라 다녔다.

인간은 나이에 따라서가 아니라
그가 생각하는 꼭 그만큼만 성장한다.

노후생활이란 말은 없다

산다는 것은 늙어 간다는 것이다. 그럼에도 우린 늙음이란 젊음이 스타카토로 끝나는 어느 날 별개의 삶처럼 시작되는 것으로 생각한다. 그래서 기를 쓰고 늙음을 밀어내려고 애쓴다. 마지못해 늙음 이후의 생활을 예비하면서. 하지만 늙음 이후의 생활, 즉 노후생활이 어떻게 따로 있을 수 있는가. 노전생활이란 말이 없는 것처럼 노후생활이란 말도 틀린 말이다. 우리는 그저 계속 늙어 가고 있을 뿐이다.

시간은 자꾸자꾸 더 빨리 간다

즐거운 시간은 빨리 흐르고 괴로운 시간은 더디 흐른다는 말도 사실이 아닌 모양이다. 어느 모퉁인가를 돌았을 때부터 즐거운 일은 아주 이따금씩이고 괴로운 일들이 일상이 되다시피 했는데, 그래서 새털처럼 가벼웠던 삶이 쇠뭉치처럼 버거워졌는데도 시간은 자꾸자꾸 더 빨리 간다.

지나간 나이는 항상 젊다.

나이듦이란 것은 개인적인 일이며
동시에 사회적인 일이다.

나이 드니 좋은 점

나이가 들고 몸이 약해진다는 게 반드시 나쁘기만 한 일이 아닌지도 모르겠다. 세상의 한복판으로 뚫고 들어가 치열하게 사는 대신 멀찌감치 물러나서 조용히 구경만 해도 뒤떨어진다는 느낌이 들지 않아서 좋다. 또 가난과 질병으로 고통을 겪는 이들의 이야기를 들으면서 건성으로가 아니라 진짜로 눈물을 흘릴 수 있어서 좋다.

나이와 너그러움

나이가 들면 너그러워질 줄 알았다. 나이가 들수록 너그러워져야 한다고 생각했다. 실제로는 그 반대다. 나이가 들수록 섭섭한 것도 많아지고 원망도 커져 가는 것이 나날이 속이 좁아져 간다. 그래도 아직까지 체면은 살아서 남들에겐 아주 너그러운 표정을 지어 낸다. 오랜만에 만난 친구는 감탄한다. 어머, 너는 아직도 그렇게 잘 웃는구나! 하고. 하지만 가장 가까이 있는 이들에겐 진면목을 드러내고 만다. 송곳 같은 마음을.

숨가쁘게 늙어 가는 중

우리처럼 개항 이래 언제나 과도기적인 사회에서는 젊은이들 살기도 힘들지만 나이 드는 것도 보통 힘든 일이 아니다. 우리 사회는 이미 고령화 사회로 진입했는데도 고령자에게 각자의 인생은 각자가 책임질 일이라는 식의 자세를 고수하고 있다. 숨가쁘게 달려온 사람들에게 이제 남은 일은 또 숨가쁘게 늙어 가는 일이다. 본격적인 노령 사회로 들어가면 차라리 나이 드는 게 좀 편해질까. 그때까지는 모두들 개척자적인 정신으로 늙어 가야 하는 걸까.

실제적 외로움

인간은 본질적으로 외로운 존재라고 생각하면 노인의 외로움이라고 해서 유별날 게 없지만 그렇게 철학적으로 들어가지 않아도 노인의 외로움은 실존적인 것이라기보다 실제적인 것일 때가 많다.

무슨 일이든지 미루지 말고
'지금 여기서' 해야 한다.

해놓은 것이 없다고요?

우리 모두는 대단한 사람들이며 역사적 인물들이다. 이 나라가 이만큼이라도 살게 된 것은 전적으로 우리 덕분이다. 아무것도 해놓은 것 없다니. 겸손도 이쯤되면 병이다. 해놓은 것이 없다고 자탄하는 여성들에게 열을 내면서 이렇게 용기를 불어넣어 주다 보면 어느덧 내 속에서도 힘이 솟는다. 다른 여성들의 삶에 진정으로 경외감을 느끼다 보면 자연스레 나의 삶도 소중하게 여겨지기 때문이다.

모든 좌석은 노약자석이다

노인들은 앉을 권리가 있다. 요즘 젊은이들이 도대체 예의가 없다는 합의 아래 버스나 지하철마다 노약자석이 따로 마련되어 있는데 나는 그런 발상에 찬동하지 않는다. 모든 좌석은 일차적으로 노약자석이라고 생각하기 때문이다.

남은 자의 삶은 지속된다

사랑하는 사람들이 곁을 떠나가도 남은 자의 삶은 지속된다. 왜 사느냐는 물음은 필요 없다. 그냥 살아가는 것일 뿐.

어느 순간 느닷없이 죽음과 마주친다

누구나 죽는다. 모든 인간은 시한부 환자다. 그러나 또 모두들 애써 그 사실을 잊는다. 그리곤 자신만은 영원히 살 것처럼 오늘을 마구 써버린다. 지금 내 옆에 있는 사람들도 나와 더불어 영원히 살리라고 믿으면서 마구 대한다. 그러다 어느 순간 느닷없이 죽음과 마주친다. 나의 죽음 혹은 타인의 죽음과 대면해서야 우리는 오늘이라는 시간과 지금 내 옆에 있는 사람들의 소중함을 깨닫는다.

죽음이라는 새로운 경험을 향해서

인간은 결국 하늘 아래 새로울 것이 없다는 깨달음을 얻자 늙어 가고 그 깨달음을 안고 죽는 것일지도 모르겠다. 거꾸로 생각할 수도 있겠다. 인간은 어쩌면 죽음이라는 새로운 경험에 대한 마지막 호기심을 충족시키기 위해 기꺼이 죽음을 택한다고 볼 수도 있을지….

죽음을 생각하면 삶이 보인다.

그동안 저자가 펴낸 책들에서 더 많은 이야기를 확인할 수 있습니다.

믿는 만큼 자라는 아이들, 나무를심는사람들, 2019
모든 아이는 특별하다, 나무를심는사람들, 2019
오늘, 난생처음 살아보는 날, 나무를심는사람들, 2017
엄마공부, 토트출판사, 2015
결혼해도 괜찮아, 나무를심는사람들, 2015
다시, 나이듦에 대하여, 웅진지식하우스, 2010
소파전쟁, 웅진지식하우스, 2005
여자와 남자, 웅진지식하우스, 2003
나이듦에 대하여, 웅진지식하우스, 2001